KRYSIA I FILIPEK

Zuzanna Izabelska

Przemysław Blady

Opowieść czwarta:
Co to będzie, co to będzie,
czyli
biało wszędzie, zimno wszędzie.

Opowieść piąta:
Nie będzie ładnie, nie będzie miło,
czyli
jak z kolorów, szaro się zrobiło.

DLA

MOJEJ WSPANIAŁEJ RODZINY,
która zawsze mnie wspiera, i wszystkich dzieci,
które odkrywają świat tych opowieści.

Dziękuję za miłość i wsparcie, a recenzentom
dziękuję za komentarze i wskazówki, które po-
mogły mi stworzyć tę książkę.

Autor

Spis treści:

Wstęp.

Jak to się wszystko zaczęło?

My, rodzice, co wieczór słyszymy od swoich dzieci: „*mamo/ tato przeczytaj mi bajkę na dobranoc*", a jeśli nie słyszymy, to sami chcemy ją im przeczytać. No, chyba, że nie chcemy, ale wtedy bylibyśmy złymi rodzicami a przecież jesteśmy najlepsi na świecie. Bierzemy, więc do ręki książkę, i z nadzieją, że nie padnie to samo zdanie, otwieramy kolejny raz na „Czerwonym Kapturku" lub innej bajce, którą znamy już chyba na pamięć. I co? I, mrożące krew w żyłach zdanie, pada: „*mamo/ tato, to już znam, poproszę coś innego*". Przeglądamy spis treści, po czym stwierdzamy z przerażeniem, że nasz bąbel wszystkie bajki już zna, nawet lepiej niż my sami.

Skąd to wiem?

Ponieważ mam takie same, traumatyczne wspomnienia. Pozostało mi, zatem jedno. Znalezienie bajki, której moja córka nie zna. A gdzie? A w głowie.

W takich właśnie sensacyjnych okolicznościach sypialni mojej córki, powołałam do życia Krysię i Filipka.

Krysia to rezolutna dziewczynka, która jest królewną, mieszkającą w zamku strzeżonym przez dwa niezdarne smoki a Filipek to jej serdeczny przyjaciel. On jest, i tu proszę o uwagę – robaczkiem, mieszkającym w dziupli jabłoni rosnącej w sadzie przy zamku Krysi. Filipek ma mnóstwo różnych zdolności, a umiejętność mówienia to tylko jedna, i to nie najważniejsza z nich. Na głowie ma cylinder, dzięki któremu, wspólnie z Krysią, przenoszą się w zadziwiające miejsca, przeżywają liczne, czasami straszne, czasami śmieszne, lecz za każdym razem, zaskakujące przygody. W ich trakcie pomagają napotkanym istotom, nawiązują nowe przyjaźnie oraz wyciągają pouczające wnioski.

Czy przygody Krysi i Filipka są ciekawe? Odpowiem w ten sposób: moja córka, co wieczór prosi o nową. Skoro tak się dzieje, a jak powiada-

ją, „dzieci są najlepszymi krytykami", pozwólmy
właśnie im ocenić te historie.

Chciałabym, aby dzięki Krysi i Filipkowi, dzieci będące na etapie nauki czytania, mogły dosko-
nalić tą cudowną umiejętność.

Na koniec pragnę gorąco podziękować
wszystkim moim recenzentom, a w szczególności
mojej rodzinie.

<u>Życzę miłej zabawy.</u>

Opowieść czwarta:

Co to będzie, co to będzie, czyli biało wszędzie, zimno wszędzie.

Za siedmioma morzami, za siedmioma górami, za siedmioma rzekami i za jednym małym strumykiem, rósł ogromny las. W środku lasu była polana, a na niej stał całkiem duży zamek z ośmioma wieżami. Zamku tego strzegły dwa ponure smoki, które próbowały nauczyć się latać. Ponure były, dlatego, że pomimo codziennych starań, nic im z tego latania nie wychodziło. Oczywiście były za ciężkie i miały za małe skrzydła. Miały jeszcze coś... miały małe rozumki i dlatego nie rozumiały, czemu nie mogą pofrunąć.

W zamku mieszkała królewna o imieniu Krysia. Jak już wiemy, w sadzie, oprócz ptaków, motyli i innych żyjątek, mieszkał również robaczek o imieniu Filipek. I jak już zdążyliśmy się przekonać, nie był to zwykły robaczek.

Krysia, cały dzień rozmyślała, gdzie chciałaby wyruszyć w podróż. Przychodziły jej do głowy różne pomysły, aż w końcu się zdecydowała. Po wczorajszej wyprawie i poznaniu słowików i dzięciołów, już nie mogła się doczekać wieczora. Aż wieczór nadszedł.

Krysia pobiegła do sadu, gdzie w dziupli jabłoni, zastała czytającego Filipka. Gdy ją zobaczył, powiedział:

– Dobry wieczór Krysiu. Czy jesteś gotowa na kolejną przygodę?

– Witaj Filipku. Jasne, że jestem gotowa. Nie mogę się doczekać – odpowiedziała Krysia – czy zabrać jabłko?

– Szybko się uczysz. Tylko wybierz najładniejsze.

Krysia włożyła Filipka do kieszonki sukienki, i z jabłkiem w dłoni, pobiegła do swojej komnaty w zamku. Gdy była na miejscu, uważając, żeby się nie skaleczyć, obrała je ze skórki.

– Czy już mogę powiedzieć, jaki będzie cel naszej dzisiejszej podróży? – zapytała Krysia.

– Nie musisz nic mówić. I tak przeniesiemy się do miejsca, które sobie wyobrazisz, a dla mnie to będzie jakaś niespodzianka – odpowiedział robaczek.

Więc nie mówiąc nic więcej, Krysia wzięła do ręki skórkę z jabłka, i znacząco mrugnęła w stronę Filipka, który tylko się uśmiechnął, i skinął małą główką.

Królewna, czym prędzej potarła skórką kapelusz Filipka i zamknęła oczy.

Przez kilka oddechów nic się nie działo.

I po chwili...

...zaświstało...,

...zagwizdało...,

...i Krysia poczuła, że się unosi.

Znała już to uczucie, i teraz, gdy wiedziała jak to się wszystko dzieje, stwierdziła, że to nawet bardzo przyjemne. Coś jak leżenie w bardzo wygodnym łóżku, które unosi się w powietrzu. Wyobraziła sobie, że chyba czułaby się podobnie, gdyby leżała na chmurce. Właśnie coś jej przychodziło do głowy, gdy poczuła zimny powiew na policzku.

Wiedziała, że zobaczy śnieżną krainę, jednak widok, jaki ukazał się, gdy otworzyła oczy, trochę ją zaskoczył. Wszędzie dookoła było biało. Otaczał ją tylko lód i śnieg. Z jednej strony znajdowała się śnieżna pustynia, płaska jak polana, na której stał jej zamek, z drugiej, śnieżne góry, których wierzchołki znikały, w sunących po niebie, chmurach.

– Krysiu, no to mnie zaskoczyłaś. Tego się nie spodziewałem. – Powiedział Filipek i w tym samym momencie, na jego głowie, zamiast kapelusza, pojawiła się ciepła czapka oraz ciepłe, zimowe ubranko. – Nie sądziłem, że będę jadł dzisiaj lody – zachichotał.

Krysia nie była przygotowana na taki ziąb i gdy tylko Filipek poczuł pierwszy dreszcz, który wstrząsnął dziewczynką, powiedział:

– Krysiu, nie przestrasz się, coś teraz zrobię.

I ledwie wypowiedział ostatnie słowo, królewna już miała na sobie ciepłe, zimowe ubranie, szalik, czapkę, buty z białym futerkiem i futrzane rękawice.

– Dziękuję przyjacielu, co ja bym bez ciebie zrobiła – powiedziała Krysia i dopiero teraz zauważyła, że jeszcze nie wyjęła Filipka z kieszonki sukni.

– Uff, jak cieplutko było pod twoim kubraczkiem. Wolę jednak widzieć, co się dzieje. Ruszajmy – rzekł robaczek.

Gdy Krysia przełożyła przyjaciela do kieszonki w swoim płaszczyku, ruszyła w kierunku śnieżnych gór. Razem podziwiali krajobraz. Oboje byli pierwszy raz w śnieżnej krainie a o jej istnieniu Krysia, dawno temu, przeczytała w jednej z książek, i od tego czasu chciała ją zobaczyć na własne oczy.

Gdy zbliżyli się do gór, ujrzeli ciemne punkty na śnieżnobiałym, niewielkim pagórku. Królewna początkowo myślała, że to duże kamienie lub jakieś krzaczki jednak, gdy podeszli bliżej, dziewczynka stwierdziła, że te punkty się poruszają. Po przejściu niewielkiej odległości zobaczyła, że to pingwiny. Chodziły niezgrabnie na swoich krótkich nóżkach a w ich ruchach widać było zdenerwowanie.

Krysia wiedziała już, że za sprawą zdolności Filipka, potrafi rozmawiać z różnymi stworzeniami, i dlatego krzyknęła:

– Hej, hej. Witajcie!

Pingwiny zwróciły głowy w kierunku nieznajomych. Zbiły się przerażone w jedną gromadę i wyglądały teraz jak falująca, ciemna woda. Nasi bohaterowie podeszli bliżej i wtedy, ze zbitej gromady pingwinów wyszedł, a raczej został wypchnięty, mały pingwinek. Widać było, że strasznie się boi, bo trząsł się jak liść na wietrze.

– Witaj mały. Mamy przyjacielskie zamiary. No już dobrze, nie trząś się jak wystraszony zając – powiedziała Krysia, – nic złego wam nie zrobimy.

Następnie nasi przyjaciele przedstawili się. Miły głos dziewczynki odpędził cały strach, który jeszcze chwilę temu władał pingwinkiem, a głos Filipka dodał mu odwagi.

– Jestem Smoczek – przedstawił się maluch.

– Znam dwa smoki, ale ty zupełnie ich nie przypominasz, chociaż… – powiedziała Krysia – … też masz małe skrzydła i pewnie nie wychodzi ci latanie?

– Takie rzeczy potrafią mewy, które są ptakami, tak jak my. Niestety my jesteśmy nielotami, czyli nie potrafimy latać, ale wykluwamy się z jaj, tak jak one.

– Już rozumiem – powiedziała królewna – a możesz mi powiedzieć, dlaczego jesteście zdenerwowane?

– To długa historia – odparł.

– Nic nie szkodzi. Mamy mnóstwo czasu, a poza tym, jestem bardzo ciekawa.

– Słuchajcie, zatem:

– Mama opowiadała mi, że bardzo dawno temu, to znaczy, przed tym jak wykłułem się z jajka, za tamtym śnieżnym pagórkiem – i w tym momencie Smoczek wskazał skrzydełkiem niewielką górkę za ich plecami – znajdowała się duża przerębla.

– A co to jest przerębla? – przerwał robaczek poprawiając czapkę opadającą mu na oczy.

– To taka dziura w lodzie, przez, którą można wejść do wody znajdującej się pod nim. – Odpowiedziała Krysia, dumna z siebie, że zapamiętała, wyczytane w książce, informacje.

– Tak, tak, dokładnie tak – kontynuował Smoczek. – W tej przerębli kąpali się wszyscy mieszkańcy mojej wioski. Mama opowiadała, że starsze pingwiny nurkowały w morzu znajdującym się pod lodem i łowiły pyszne rybki na obiad. Mój tata zauważył, że przerębla, z każdym dniem, jest coraz mniejsza a w jej środku pływa coraz więcej kry.

Smoczek przerwał swoją opowieść, i wytłumaczył Filipkowi, że kra, to takie kawałki lodu pływające na powierzchni wody. Po tej krótkiej lekcji, wrócił do swojej smutnej historii.

– Pewnego poranka, gdy moi rodzice poszli do przerębli, zobaczyli, że kra zablokowała wejście do wody. Pingwiny nie mogły już pływać w morzu i łowić ryb. Na szczęście mój tata znalazł mały otwór, przez który można było wskoczyć do wody, ale niestety, mógł to zrobić tylko mały pingwin. Jeszcze wczoraj, to ja łowiłem ryby dla całej wioski, a dziś rano zobaczyliśmy, że otwór się tak bardzo zmniejszył, że nie mogę się do niego zmieścić.

– To strasznie niefilipkowo – skwitowała opowieść królewna.

– Czy możesz pokazać nam tę przeręblę lub raczej to, co z niej zostało? – zapytał Filipek.

– Oczywiście, chodźmy.

Pingwinek, na swych krótkich nóżkach, prowadził nowo poznanych przyjaciół, a za nimi nieśmiało szły pozostałe pingwiny. Po dojściu na miejsce Smoczek aż jęknął. Otwór, który rano i tak był mały, teraz stał się prawie niewidoczny.

– Katastrofa. Przecież bez ryb czeka nas głód – zajęczał smutno malec.

– Nie martw się. Coś wymyślimy. – Pocieszała go Krysia i jednocześnie spojrzała prosząco na Filipka.

– Niestety, jedyne, co mogę zrobić, to tylko ten przedmiot... – i wskazał na kawałek kija z żelaznym kolcem, który właśnie pojawił się na śniegu.

– To kilof – powiedział robaczek. – Służy do kruszenia twardych rzeczy. Trzeba nim uderzać w lód i próbować powiększyć otwór.

Smoczek aż podskoczył z radości.

– Czyli jednak będzie dzisiaj obiadek. Biegnę powiedzieć o tym pozostałym pingwinom.–

Zakrzyknął wesoło maluch i kołysząc się na boki, potruchtał do obserwującej ich gromady. Do uszu naszych bohaterów dobiegły okrzyki radości.

Krysia, czym prędzej zabrała się do pracy. Kropelki potu pojawiły się na jej czole a oddech miała coraz szybszy. Pomimo pracy, jaką wykonała, otwór wcale się nie powiększał.

– Lód jest za gruby, a na dodatek panujący mróz szybko zamraża wodę. Co teraz? – z przestrachem zapytał Filipek, – bez naszej pomocy pingwiny nie dadzą sobie rady.

Krysia, aż bała się pomyśleć o przyszłości nielotów, jeśli nie wymyślą czegoś innego.

– Oj. – Dziewczynka usłyszała za plecami cichutki głosik Smoczka. – Myślałem, a raczej wszyscy myśleliśmy, że już udało ci się skruszyć lód i dlatego przyprowadziłem resztę gromady, aby wszyscy mogli się najeść.

Krysia podniosła wzrok i zobaczyła, że jest otoczona przez pingwiny, które zawiedzione opuściły głowy.

Z grupy wyszły dwa ptaki, jeden duży a drugi

troszkę mniejszy.

– To moi rodzice – przedstawił ich Smoczek.

– Witaj Krysiu – powiedział smutno tata Smoczka. – Niestety ten lód jest strasznie gruby i chyba nie dasz rady go rozbić. My pingwiny jesteśmy małe oraz mamy skrzydła, więc nie damy rady utrzymać kilofa. Mieszkają tu jeszcze mewy, ale one też nie dadzą rady rozbić lodu. Mimo wielkich chęci, nie możemy ci pomóc.

Krysia chwilę się zastanowiła...

– ...już mi pomogłeś. – Powiedziała tajemniczo dziewczynka, bo właśnie przypomniała sobie, że pingwiny i mewy, to nie jedyni mieszkańcy śnieżnych krain. – Czy przypadkiem nie mieszka tutaj ktoś jeszcze? – zapytała.

– Skąd wiesz? – Zdziwiła się mama Smoczka i nie czekając na odpowiedź Krysi, powiedziała – w jednej z jaskiń, tu niedaleko, mieszka niedźwiedź polarny, ale on teraz śpi.

– Już po niego biegnę. – I nim ktokolwiek zdążył coś powiedzieć, Smoczek już truchtał w kierunku pobliskiej góry.

Tuż za nim ruszyło kilka pingwinów. Pewnie

chciały mu pomóc w budzeniu niedźwiedzia.

– To bardzo dobry pomysł – powiedział robaczek, – niedźwiedź jest bardzo silny, i z pewnością da sobie radę z naszą przeręblą. Może jednak chodźmy zobaczyć jak przebiega budzenie niedźwiedzia.

Gdy doszli do góry, w której znajdowała się jaskinia, zobaczyli, że pingwiny stoją przed nią.

– Dlaczego nie weszliście do środka? – zapytała Krysia.

– Tak naprawdę, to się trochę go boimy, bo on jest duży a my mali. Jeszcze nas zje... – odparł, lekko przestraszony tata Smoczka.

– Oj głuptaski – powiedziała, z politowaniem w głosie królewna, – przesuńcie się, ja obudzę tego śpiocha.

Pingwiny zrobiły miejsce dziewczynce rozchodząc się na boki. Krysia stanęła na wprost, wejścia do jaskini, i najgłośniej jak potrafiła, zaśpiewała:

„Hej niedźwiedziu, hej bielutki,
obudź się i przegnaj smutki.
Hej niedźwiedziu, obudź się,
wstań bo wstaje nowy dzień.

Hej niedźwiedziu, hej kochany,
wstawaj śpiochu nasz zaspany.
Hej niedźwiedziu, jest już dzień,
jak nie wstaniesz będziesz leń".

Przez chwilę nic się nie działo. Powoli, stopniowo narastał pomruk dochodzący z lodowej jaskini.

Pingwiny aż podskoczyły do góry ze strachu i znów zbiły się w zwartą gromadę, tylko Krysia z Filipkiem stali nieruchomo. Z wnętrza jaskini dobiegł ich straszny ryk:

– Kto mnie budzi środku nocy?

– Ja cię obudziłam misiu – powiedziała odważnie Krysia – a w ogóle to już jest dzień i pora wstawać, śpiochu.

Tak naprawdę to Krysia bardzo się bała, bo ryk dochodzący z jaskini brzmiał naprawdę przerażająco. Wiedziała jednak, że odwaga to pokonywanie strachu, a ona zawsze chciała być odważna. Poza tym chodziło przecież o pomoc pingwinom.

Kiedy zastanawiała się, co zrobi, gdy z jaskini wyjdzie groźny niedźwiedź, usłyszała cichy głos robaczka:

— Nie możemy teraz uciec. Pomyśl o pingwinach i bądź dzielna.

Słowa przyjaciela dodały jej otuchy. Z wielką obawą zrobiła pierwszy krok w kierunku wejścia do jaskini. Zaraz potem pomyślała: „ *raz kozie śmierć*" i ruszyła na przód.

— Uważaj na siebie. — Usłyszała za sobą przestraszony głos Smoczka.

Nie oglądając się, weszła do jaskini. Gdy jej wzrok przyzwyczaił się do panującego mroku, w najciemniejszym kącie zobaczyła dwoje błyszczących oczu…

Tłoczące się przed jamą pingwiny szeptały między sobą. Dało się słyszeć straszne przepowiednie tego, co za chwilę się stanie. Nie brakowało cichutkich pochlipywań i smutnych spojrzeń skierowanych w kierunku jaskini. I wtem…

— WWWWWRRRRRAAAAARRRRR   —

z jaskini dobiegł głośny ryk.

Pingwiny rzuciły się do ucieczki. Przewracały się i popychały, a każdy z nich chciał jak najszybciej uciec z tego przerażającego miejsca. Tylko Smoczek, który również rzucił się do ucieczki, po chwili zwolnił, zatrzymał się, zawrócił i powoli ruszył w kierunku jamy.

„Przecież Krysia weszła do jaskini żeby nam pomóc" – pomyślał pingwinek – *„teraz ona potrzebuje pomocy".*

„Jestem odważny, jestem odważny, jestem odważny" – takie właśnie słowa powtarzał sobie w myślach Smoczek i powoli dreptał w kierunku ciemnego otworu. Gdy był już całkiem blisko, zobaczył jak z jaskini wychodzi… uśmiechnięta Krysia. Tuż za nią wyszedł niedźwiedź, a raczej niedźwiadek. Poza oczami i czarnym noskiem był cały biały i wcale nie wyglądał tak groźnie.

– Nie bój się Smoczku – krzyknęła na widok pingwinka Krysia. – Właśnie się poznaliśmy. Niedźwiadek ma na imię Śnieżek i jest bardzo przyjacielski.

– A, a, a ten straszny ryk? Na jego dźwięk wszystkie pingwiny uciekły – powiedział niepewnym głosem Smoczek.

– Oj wy głuptasy. To tylko echo tak wzmocniło mruczenie niedźwiadka.

Na dowód, że wcale nie jest taki straszny, niedźwiadek znów mruknął. Nie było w tym nic groźnego i w niczym nie przypominało tego strasznego warczenia sprzed chwili.

– Witaj Smoczku – powiedział Śnieżek – nie chciałem was przestraszyć. To wszystko wina echa w jaskini. Krysia opowiedziała mi o waszych kłopotach. Chętnie pomogę.

Nasza wesoła drużyna ruszyła w kierunku zamarzniętej przerębli. Gdyby nie kilof pozostawiony w jej pobliżu pewnie nawet by jej nie zauważyli, ponieważ w czasie wyprawy do jaskini, całkowicie zamarzła.

– To właśnie tu. – pingwinek wskazał ledwie widoczne zagłębienie w lodzie. – Już jej prawie nie widać. Co teraz?

– Jak to co? – zawołał wesoło Śnieżek. – Bierzemy się do pracy. Tylko się odsuńcie przyjaciele, bo możecie być mokrzy.

Niedźwiadek odsunął na bok kilof, cofnął się

kilka kroków, wziął rozbieg i wyskoczył w górę. W locie zwinął się w futrzastą kulę i z wielką siłą uderzył o lód. Dzięki temu, że był on w tym miejscu cieńszy, załamał się pod ciężarem Śnieżka a lodowe odłamki rozprysnęły się na wszystkie strony. Po chwili, z dużej przerębli wyłoniła się mokra i uśmiechnięta głowa misia:

– I jak? – zapytał.

– Super – krzyknął zachwycony Smoczek. – Czy możesz zrobić tak jeszcze raz żeby powiększyć dziurę?

– Jasne, że tak.

Śnieżek jeszcze kilka razy wykonał swoje akrobacje. Wcale nie wyglądało to na pracę, a raczej na dobrą zabawę. W pewnym momencie Smoczek też zapragnął się pobawić i również wskoczył do wody, zwijając się w czasie lotu w kulkę. Pozostałe pingwiny, słysząc śmiechy dochodzące znad przerębli, podeszły bliżej i dołączyły do zabawy. Spragnione kąpieli, wskakiwały do wody, pluskały się i nurkowały.

– Ale filipkowo – powiedziała do siebie królewna, co jednak nie umknęło uwadze robaczka.

Po jakimś czasie, gdy wszystkie pingwiny się najadły i dobrze zmęczyły, wyszły z wody i wylegiwały się na lodzie.

– Tylko spójrzcie – powiedziała Krysia.

Gdy pingwiny rozejrzały się uważnie, okazało się, że skacząc do wody, coraz bardziej kruszyły lód i teraz otwór był bardzo, bardzo duży.

– To znaczy, – zauważył Smoczek, – że dzięki Śnieżkowi i naszym skokom rozbiliśmy lód. Jesteśmy uratowani.

Wszystkie pingwiny zaczęły podskakiwać radośnie i dziękować dziewczynce, robaczkowi i niedźwiadkowi.

– Bardzo się cieszymy, że mogliśmy pomóc – powiedziała Krysia, – myślę, że teraz już wiecie, jak sobie następnym razem poradzić.

– Pewnie że tak, – powiedział tata Smoczka. – Mam nadzieję, że Śnieżek z nami zostanie.

– Jasne – odpowiedział niedźwiadek, – cieszę się, że mam nowych przyjaciół i nie mam zamiaru nigdzie się przenosić.

– Czas na nas – powiedział Filipek. – Musimy wracać do domu.

– Dziękujemy za pomoc – odparł Smoczek – mam nadzieję, że jeszcze się kiedyś spotkamy. Do widzenia.

– Do zobaczenia – odpowiedziała Krysia, – i ja też mam taką nadzieję.

Królewna delikatnie potarła palcem kapelusz Filipka, który już zastąpił jego ciepłą czapeczkę i zamknęła oczy, a wtedy...

...zaświstało...,

...zagwizdało...,

...i gdy je znów otworzyła była w swojej komnacie.

– Kolejna niezwykła przygoda za nami, – powiedziała – zaczyna mi się to coraz bardziej podobać. Czy jutro też gdzieś się wybierzemy?

– Jeśli tylko chcesz, to oczywiście – odpowiedział robaczek.

– Pewnie że chcę – zawołała radośnie, po czym dała Filipkowi kawałek jabłuszka.

Krysia zabrała resztę jabłka, i z Filipkiem w kieszonce, kryjąc się przed wzrokiem smoków, niepostrzeżenie pobiegła do sadu. Włożyła przyjaciela do jego dziupli, dała mu przyniesione jabłko, i po życzeniach dobrej nocy, wróciła do swej komnaty.

Zjadła kolację, wykąpała się, umyła ząbki, i położyła w ciepłym łóżku. Kiedy zasypiała, jeszcze na moment otworzyła oczy i zobaczyła, stojącą na szafce, magiczną szkatułkę. Zanim dobrze pomyślała, usłyszała płynącą z niej kołysankę:

Czas na sen, czas na sen,

dziś nasza historia skończyła już się.

Czas na sen, czas na sen,

jutro też spotkamy się.

Czas na sen, czas na sen,

niech nasze przygody znów przyśnią ci się.

Czas na sen, czas na sen,

jutro też będzie dzień.

Wspominając spotkanie ze Smoczkiem i Śnieżkiem…

…zasnęła.

Opowieść piąta:

Nie będzie ładnie, nie będzie miło, czyli jak z kolorów, szaro się zrobiło.

Za siedmioma morzami, za siedmioma górami, za siedmioma rzekami i za jednym małym strumykiem, rósł ogromny las. Las otaczał polanę..., no dobrze, przecież wszyscy wiemy, gdzie toczy się nasza opowieść i kim są nasi bohaterowie.

Tego wieczoru, tak jak poprzednio, Krysia zbiegła do sadu, po swojego przyjaciela, Filipka. Zerwała z drzewa dorodne jabłuszko i zajrzała do jego dziupli. Filipek właśnie kończył czytać rozdział swojej ulubionej książki o zwyczajach mieszkańców lasu.

– Witaj Filipku.

– Dobry wieczór Krysiu. Czy to już czas na wycieczkę?

– Tak, tak. Już nie mogę się jej doczekać – odpowiedziała niecierpliwie.

– Ach, zaczytałem się o zwyczajach saren i straciłem poczucie czasu. Ruszajmy, zatem.

Krysia włożyła przyjaciela do kieszonki sukni, i kryjąc się przed wzrokiem smoków, które jak zwykle próbowały wznieść się w górę, przemknęła się do swojej komnaty.

Gdy już była na miejscu, ostrożnie obrała jabłuszko ze skórki i odłożyła je na później.

– Czy możemy już ruszać? – spytała Krysia.

– Jak najbardziej, droga Krysiu – odparł robaczek – pamiętaj, że przeniesiemy się do miejsca, które sobie wyobrazisz, więc wybierz dobrze.

Królewna potarła kapelusz Filipka jabłuszkową skórką, i myśląc o kwiecistej łące, zamknęła oczy.

Przez moment nic się nie działo.

I już po chwili…

…zaświstało…,

…zagwizdało…,

…i Krysia poczuła, że się unosi. Gdy już było po wszystkim, bardzo się zdziwiła.

Jeszcze zanim otworzyła oczy, zrozumiała, że nie czuje żadnego zapachu. Przecież na łące, o której myślała, powinno aż kręcić w nosie od przeróżnych kwiatowych zapachów. A tu nic. Nie czuła nawet najdelikatniejszego zapaszku. Bała się otworzyć oczy. W tej samej chwili usłyszała zaniepokojony głos Filipka:

— Oj, nie jest dobrze — jęknął.

Wtedy Krysia przemogła się i otworzyła oczy.

— Nie jest dobrze? — zapytała cicho. — Filipku, jest bardzo źle.

Oczom królewny ukazał się bardzo smutny widok. Cała polana była czarno-biała. Wszystkie rośliny były szare, niektóre były mniej szare a niektóre bardziej. Jeszcze inne były całkowicie czarne. Dziewczynka stała na środku polany i wszędzie gdzie spojrzała był taki sam widok.

– Filipku, co tutaj się stało? – zapytała, drżącym głosem – ty dużo wiesz. Możesz to jakoś wyjaśnić?

– Pierwszy raz widzę coś takiego – odparł smutno robaczek – musimy rozwiązać tę zagadkę. Zauważyłaś Krysiu, że nie słychać też żadnych dźwięków?

– Tak, to strasznie niefilipkowe. Słyszę, że nic nie słyszę – odpowiedziała dziewczynka.

Robaczek spojrzał zdziwiony na przyjaciółkę.

– A ja wiem, że nic o tym nie wiem – powiedział robaczek. I oboje zachichotali, trochę z tego, co przed chwilką powiedzieli, a trochę, dlatego, żeby dodać sobie otuchy.

– Bierzmy się do rozwiązywania zagadki – powiedziała, już weselej, Krysia, – od czego by tu zacząć?

– Musimy się przyjrzeć tej sprawie bliżej – stwierdził Filipek.

– Oczywiście – rzekła Krysia.

Natychmiast uklękła i przysunęła twarz tak blisko stokrotki, że prawie dotykała ją nosem.

„Nie do końca o to mi chodziło” – zdążył tylko mruknąć Filipek, bo w tej samej chwili usłyszał przenikliwy i pełen strachu piskliwy głosik:

– POTWÓR!!!!!

Krysia też usłyszała ten okrzyk i szybko rozejrzała się dookoła.

– Jak? Gdzie? Co? Jaki potwór? Przecież tu nikogo nie ma. Filipku, nie strasz mnie.

– To nie ja. Głos dochodził z tego kwiatka.

Krysia jeszcze raz przysunęła twarz do stokrotki, tym razem ostrożniej, i wtedy zobaczyła siedzącego na nim owada. Gdy dokładnie się przyjrzała, okazało się, że to biedronka. To znaczy, wglądałaby jak biedronka, gdyby była czerwona w czarne kropki, ale była szara.

– Witaj mała. Jestem Krysia, a to mój przyjaciel Filipek. Nie bój się nas, nie mamy złych zamiarów. Jak masz na imię?

– Chętnie odpowiem na twoje pytania, ale najpierw odsuń się trochę od kwiatka, bo robisz zeza i wyglądasz strasznie.

Gdy tylko Krysia spełniła prośbę, biedronka znów się odezwała:

– Witajcie na mojej łące. Na początek ważna sprawa – jestem chłopcem, i mam na imię Wielokropek.

Po tych słowach, gdy królewna dokładnie przyjrzała się biedronce, zobaczyła, że ma na grzbiecie trzy ciemne kropki.

– Niech zgadnę – powiedziała – masz trzy lata.

– Tak. Zgadza się. Mam już trzy lata.

– Wielokropku, wyjaśnij nam, co tutaj się stało? Dlaczego nie słychać żadnych dźwięków, nie czuć żadnych zapachów, a wszystkie kolory gdzieś zniknęły?

– Zaraz o wszystkim opowiem, ale jest jeszcze coś. Poczekajcie.

Wtedy Wielokropek rozłożył skrzydełka i pofrunął w głąb łąki. Po chwili wrócił w towarzystwie małej, szarej pszczółki, trzymającej w łapkach niewielki dzbanuszek.

– To moja przyjaciółka, Ula. Ma wam coś do pokazania.

– Zaraz, zaraz, czy twoje imię – Ula, ma coś wspólnego z ulem, czyli twoim domem? – zauważyła czujnie Krysia.

– Witajcie – powiedziała Ula – tak, dokładnie tak. W naszym ulu każda dziewczynka ma na imię Ula a każdy chłopiec ma na imię Julek.

– Faktycznie, w imieniu Julek też występuje ul – stwierdził, dumny ze swojej spostrzegawczości, Filipek.

– Krysiu, wystaw dłoń – zabzyczała Ula.

Krysia posłusznie wystawiła dłoń. Wtedy na opuszku jej palca wylądowała Ula i wylała na jego czubek zawartość dzbanuszka. Dziewczynka zobaczyła na palcu małą kroplę gęstej cieczy.

– Pokaż szybciutko, co to jest? – poprosił Filipek.

I Krysia podsunęła palec robaczkowi, który przyjrzał się kropli a potem ją polizał. Zrobił bardzo tajemniczą minę.

– Sama spróbuj – powiedział złowieszczo.

Dziewczynka, nie wiedząc, czego się spodziewać, polizała palec ...i nie poczuła żadnego smaku.

– Co to jest? – spytała zdziwiona.

– To miód – odparła smutno Ula – niestety, z bezbarwnych i bezwonnych kwiatów robimy miód bez smaku. Razem z moimi siostrami ciężko pracujemy, lecz niestety, z szarego pyłku kwiatowego potrafimy zrobić tylko to.

– Pomożecie nam? – zapytali jednocześnie, z nadzieją w głosie, Wielokropek i Ula. – Cała łąka ma już dosyć tej szarości.

– Oczywiście. Zrobimy wszystko, co w naszej mocy – odpowiedział Filipek – czy wiecie, dlaczego tak się dzieje?

– Wydaje nam się, że to wszystko przez śmier-dzioszlam – odpowiedziała Ula, – który wypływa z „dudniącej jaskini".

– Nie mamy pojęcia, o czym mówicie – zmieszała się Krysia.

– Może lepiej będzie jak wam pokażemy – zabzyczała pszczółka.

– Prowadźcie, zatem – zakomenderował roba-czek.

I grupka ruszyła. Na przodzie leciał Wielokro-pek, za nim Ula, a na końcu szła Krysia z Filipkiem w kieszonce. Dziewczynka, aby dodać sobie otuchy, zaczęła nucić piosenkę. Gdy roba-czek wsłuchał się w jej słowa, usłyszał:

♫ *My się wcale nie boimy,*

przygody lubimy.

Chętnie wszystkim pomożemy,

kłopot rozwiążemy.

Niesmutkujemy,

pośmieszkujemy,

niesmutkujemy,

pośmieszkujemy,

niesmutkujemy,

pośmieszkujemy, hej. ♫

– Skąd znasz tą piosenkę? – zapytał Filipek.

– Właśnie ją wymyśliłam – odparła śpiewająco dziewczynka, z nutką dumy w głosie.

– Bardzo podnosi na duchu. Od razu zrobiło się raźniej. Muszę ją zapamiętać.

I dla dodania sobie otuchy, również robaczek zaczął nucić usłyszaną piosenkę.

– Tylko uważaj gdzie stawiasz stopy – zabzyczała Ula – jesteś całkiem duża, a na naszej łące, w trawie, mieszka wiele różnych, małych żyjątek.

I właśnie wtedy, na potwierdzenie słów pszczółki, spod właśnie stawianej lewej stopy Krysi, wyskoczył konik polny i krzyknął:

– Hej! Olbrzymko, uważaj trochę! O mało mnie nie rozdeptałaś.

– Spokojnie Hopku, – uspokajał Wielokropek – to nasi przyjaciele. Właśnie próbujemy rozwiązać zagadkę śmierdzioszlamu.

– Przepraszam – powiedziała Krysia – nie zauważyłam cię. Od teraz będę uważniejsza.

– Już dobrze, nie gniewam się. Mogę wam jakoś pomóc?

– Nie wiemy, co nas czeka, więc przyda się każda pomoc – wyznała dziewczynka – wskakuj na moje ramię, mniej się zmęczysz, niż gdybyś miał skakać za nami.

Po tych słowach, Hopek odbił się od liścia mlecza, potem od kolana Krysi, następnie od jej wystawionej dłoni i wylądował zgrabnie na ramieniu dziewczynki.

– Ahoj przygodo – zakrzyknął konik polny –

ruszajmy, zatem. Śmierdzioszlam sam się nie pokona.

Po kilku minutach marszu, Krysia i Filipek poczuli, pierwszy zapach, odkąd pojawili się na łące. I nie był on wcale przyjemny.

– Co tak strasznie cuchnie? – zapytał robaczek marszcząc czoło.

– To właśnie śmierdzioszlam – wyjaśnił Hopek.

Oczom naszych przyjaciół, ukazał się straszny widok.

Część łąki była zalana przez bulgoczącą, gęstą ciecz koloru brunatno-szaro-brązowego, tworzącą niewielkie jezioro. Na jego brzegach wystawały rośliny oblepione tą mazią. Bliżej przeciwnego brzegu śmierdzioszlamowego bajora, mazi było tak dużo, że już żadna roślinka z niej nie wystawała. Tuż nad jego powierzchnią zobaczyli okrągły ciemny otwór, znikający we wznoszącym się stromo, brzegu.

Po chwili, do ich uszu dobiegł narastający

szum, który zamienił się w bulgotanie. Krysia zrozumiała, że to jest „dudniąca jaskinia", o której mówiła pszczółka. Wtedy właśnie, z ciemnego otworu, wypłynęła kolejna porcja śmierdzącego błota, które z bulgotem, rozlało się po powierzchni mrocznego jeziora. Ten widok odebrał Krysi głos. Robaczek przełknął ślinę i powiedział:

– Czegoś takiego jeszcze nie widziałem. Co to jest?

– Nie wiemy – odpowiedziała Ula, – ale to paskudztwo zniszczyło naszą łąkę.

– Pomożecie nam? – spytał z nadzieją Wielokropek.

– Zrobimy wszystko, co w naszej mocy – zapewniła Krysia, gdy w końcu odzyskała głos – musimy się dowiedzieć, gdzie zaczyna się „dudniąca jaskinia", więc obejdziemy bajoro dookoła i to sprawdzimy.

Nasza brygada ratunkowa, dużym łukiem je obeszła i wspięła się na brzeg, z którego zionęła czernią „dudniąca jaskinia". Z tej wysokości łąka przedstawiała jeszcze bardziej przygnębiający widok. I nawet wiatr przestał dmuchać sprawiając, że szelest nawet najmniejszego listka, nie zakłócał złowrogiej ciszy. Szare i ciężkie chmury wisiały nieruchomo nad łąką lub raczej nad tym, co z niej pozostało.

Królewną z zadumy wyrwał przejęty głos Hopka:

— Nie stójmy tak! Musimy ratować łąkę! — zawołał tak głośno, że aż Krysi zadźwięczało w prawym uchu.

— Tak, tak, oczywiście — powiedziała dziewczynka — tylko jak my znajdziemy początek „dudniącej jaskini"?

— Nic prostszego — odparł Hopek. — Mam bardzo czułe nóżki. Wystarczy, że stanę na ziemi, i czuję wszystkie jej drgania. Wiem nawet, kiedy śpi mój przyjaciel Norek. On jest kretem i strasznie chrapie, a moje nóżki podskakują wtedy tak, jakbym tańczył. Kiedyś, kiedy łąka była jeszcze zielona, Ula poprosiła mnie do tańca, bo myślała, że ja tańczę, a to właśnie wtedy Norek smacznie spał pod ziemią, i strasznie przy tym chrapał.

– Pamiętam – odparła Ula. – Wtedy tak ładnie śpiewały ptaki, że zapragnęłam zatańczyć z radości, no i zobaczyłam ciebie Hopku, jak wesoło podrygiwałeś.

– Dosyć! – zawołał Kropek. – Jeśli będziemy ciągle gadać, i nie zabierzemy się do pracy, już nigdy nie zatańczymy na naszej łące. Hopku, spróbuj zlokalizować podziemny tunel.

Hopek, lekko zawstydzony, zgrabnie zeskoczył z ramienia Krysi i po wylądowaniu na ziemi, powiedział:

– Postarajcie się być teraz cicho. Jak tylko poczuję jakieś podziemne wibracje, będę szedł w kierunku, w którym stają się one coraz silniejsze. W ten sposób dojedziemy do początku jaskini.

Wszyscy zgodnie skinęli głowami i zaczęli bacznie obserwować konika polnego. Hopek przez chwilkę stał nieruchomo, po czym skoczył w kierunku najbliższego krzaczka borówek. Krysia spojrzała na krzaczek i widząc szare owoce pomyślała, że chyba stara i twarda szyszka sosnowa lepiej smakuje niż one. Poczuła również złość na tego, kto spowodował tę katastrofę.

Nasi przyjaciele powoli podążali za podskakującym Hopkiem.

– Wygląda na to, że zmierzamy w kierunku tamtego zagajnika... – zauważył przytomnie robaczek,

– ...gdzie pewnie znajdziemy rozwiązanie naszej zagadki – dodała z nadzieją Krysia.

Jak się po chwili okazało, królewna miała rację. Gdy grupa weszła do tego zagajnika, ich oczom ukazał się dziwny widok.

Na środku otoczonej drzewami polany, stała dziwna konstrukcja zbudowana z pni drzew, połamanych patyków, dużych i małych kamieni pozlepianych ze sobą zaschniętym błotem. W powietrzu unosił się ten sam nieprzyjemny zapach, który poczuli nad śmierdzącym bajorem. Wokół konstrukcji krzątał się niedźwiedź. Chodź był strasznie duży, znacznie większy od Krysi, miał bardzo poczciwy i przyjazny pyszczek.

Niedźwiedź przelewał jakąś gęstą ciecz

z jednego wydrążonego pnia, do drugiego, a na koniec wlewał ją do otworu w ziemi.

– Jak ja go zaraz kujnę?! – krzyknęła rozzłoszczona Ula wysuwając, ostre jak igła, żądło.

– Poczekaj Ulu – powiedziała spokojnie Krysia – najpierw dowiedzmy się, o co tutaj chodzi.

Niedźwiedź zobaczył zbliżającą się Krysię, a gdy podeszli bliżej, dostrzegł również Filipka, pszczółkę, biedronkę oraz konika polnego.

– Witajcie – powiedział ciepłym głosem niedźwiedź – mam na imię Barnaba. Co was tutaj sprowadza?

– No jeszcze się pyta – powiedziała ostrym głosem Ula – trzymajcie mnie, bo nie wytrzymam.

– Sprowadza nas to, że niszczysz naszą łąkę – powiedział smutno Wielokropek. – Nasz dom.

– Nie ma na niej kolorów, dźwięków ani żadnych zapachów poza smrodkiem twojej mikstury– dodał konik polny, wskazując łapką na resztki płynu, spływającego bo brzegu otworu –

wszystko przez śmierdzioszalam, który tu wlewasz, i który zalewa naszą łąkę.

– Jaki śmierdzioszlam? – zapytał zdziwiony Barnaba, – przecież to balsam.

– Co takiego? – teraz z kolei zdziwiła się Krysia.

– Balsam – powtórzył niedźwiedź, – którym smaruje się Rudy Olf.

– Kto może smarować się taką mazią? – zapytał Filipek.

– Mówię przecież, Rudy Olf. On w ten sposób dba o to, by jego ogon był puszysty a futro miało piękny, rudy kolor – odparł Barnaba wskazując jednocześnie długim pazurem na leżącego pod drzewem stwora oblepionego śmierdzioszlamem.

– O fuj – powiedziała z odrazą Krysia. – Czy on przypadkiem nie jest lisem? – zapytała, ponieważ oblepiony kształt nie przypominał żadnego zwierzęcia, i dziewczynka domyśliła się, jakie zwierze ma puszysty ogon i rude futro. I oczywiście, jakie zwierze jest tak chytre, żeby wykorzystywać innych do pracy a samemu odpoczywać.

– Tak, tak, on jest lisem i w dodatku chce być najładniejszym lisem w całym lesie, dlatego, smaruje się balsamem, którego skład sam wymyślił – odpowiedział Barnaba.

– A czy możesz powiedzieć, z czego ten balsam się składa? – poprosiła Krysia.

– Trzeba wymieszać gęste błoto, zgniłe liście, szlam z dna rzeki, suszony mech, starą pajęczynę i nadgniłe muchomory – wyjaśnił niedźwiedź. – Rudy Olf smaruje się nim dwa razy dziennie a gdy go zużyje, wlewam pozostałości do otworu w ziemi.

– Ty go wlewasz do otworu a on zalewa naszą łąkę – powiedział z wyrzutem Hopek. – Dlaczego mu pomagasz Barnabo?

– Ponieważ obiecał mi miód, który bardzo lubię – wyszeptał zmieszany niedźwiedź – nie wiedziałem, że w ten sposób niszczę waszą łąkę. Bardzo przepraszam i obiecuję, że więcej tego nie będę robił.

— Poczekajcie tutaj, a ja porozmawiam z tym nicponiem — powiedziała groźnie Krysia i odważnie ruszyła w kierunku Rudego Olfa.

Wszyscy obserwowali jak dziewczynka podchodzi do leżącego lisa, jak z nim rozmawia i jak Rudy Olf odchodzi ze spuszczoną głową w kierunku pobliskiego strumienia.

Gdy Krysia wróciła, opowiedziała o rozmowie z lisem.

—Wytłumaczyłam mu, że mikstura, którą wymyślił, wcale nie poprawi jego wyglądu, i że jest trującą substancją, od której może się rozchorować. Lepiej zrobi, jeżeli codziennie będzie się kąpał w strumieniu.

— A co z naszą łąką? — zapytał Wielokropek.

— Poczekamy, aż Rudy Olf zmyje z siebie śmierdzioszlam i pójdziemy na łąkę, żeby sam się przekonał, co narobił — odpowiedziała dziewczynka.

Jak powiedziała, tak zrobili. Nie da się opisać min, jakie pojawiły się na pyszczkach Barnaby i Rudego Olfa na widok wyrządzonych szkód.

– Bardzo mi przykro – rzekł lis – nie wiedziałem, że mój balsam może wyrządzić tyle złego. Chciałem was bardzo przeprosić.

– Lisie – odparła ze złością Ula – znamy twój chytry charakter i nie nabierzemy się na udawane przeprosiny. Aż mnie żądło swędzi, żeby cię nim poczęstować. Jak zamierzasz posprzątać naszą łąkę?

– Nie mam pojęcia jak to zrobić – odparł zmieszany lis – może by tak wyrzucić balsam, przepraszam, śmierdzioszlam, do lasu?

– Lisie, chyba narobiłeś już dosyć złego – powiedziała przeciągle pszczółka, ukazując jednocześnie błyszczące żądło.

– Nie możemy wyrzucić tej trucizny w inne miejsce, bo też je zatrujemy – rzekła przytomnie Krysia, na co inni, ze zrozumieniem, pokiwali głowami.

– Ja mam pomysł – powiedział Filipek – musimy go zneutralizować.

– Snetulamizować? – starał się powtórzyć Rudy Olf.

– Zneutralizować, to znaczy sprawić, żeby śmierdzioszlam przestał być trujący – wytłumaczył robaczek. – Z pomocą wielkiej siły Barnaby, zbudujemy specjalną oczyszczalnię.

Po pewnym czasie, z pni drzew, piasku i kamieni różnej wielkości powstała budowla, przypominająca duży kubek, jakiego Krysia używa do mycia zębów.

– Jak to działa? – zapytał Hopek.

– Na górę trzeba wnieść śmierdzioszlam, który będzie spływał powoli w dół. Kamienie i piasek tworzą sitko, które niszczy truciznę, a na dole wypływa czysta woda – cierpliwie wyjaśnił Filipek.

– Super pomysł – odpowiedział Rudy Olf – tylko kto wniesie śmierdzioszlam na górę?

Po tym pytaniu, wszystkie oczy spojrzały na lisa a on sam zrozumiał, że dzisiaj bardzo się zmęczy.

Im mniej pozostawało śmierdzioszlamu na łące, tym więcej przybywało na niej kolorów, zapachów i dźwięków. Nasi bohaterowie oczywiście pomogli lisowi w pracy, a gdy skończyli, Rudy Olf, zmęczony, ale szczęśliwy, powiedział:

— To wydarzenie nauczyło mnie, że trzeba dobrze pomyśleć o skutkach tego, co się robi. Nie można myśleć tylko o sobie, ale także o innych. Jeszcze raz was przepraszam za moje zachowanie.

— Myślę, że dostałeś dobrą nauczkę — powiedziała, już przyjacielskim tonem pszczółka, nie pokazując tym razem żądła. — A teraz zapraszam na mały poczęstunek po pracy.

Wszyscy poszli na łąkę, gdzie stały, zrobione z kory, miseczki napełnione po brzegi złocistym miodem, który teraz cudownie smakował i był bardzo słodki. Każdy, delektując się smakołykiem, słuchał śpiewu ptaków, podziwiał piękną, kolorową i pachnącą łąkę, której widok zacierał w pamięci szare wspomnienia.

— Dziękujemy za pomoc — zabzyczała Ula — aż się boję pomyśleć, co by się stało, gdybyście do nas nie przybyli. Mam nadzieję, że jeszcze się kiedyś spotkamy.

– Też mamy taką nadzieję – powiedziała z westchnieniem królewna.

– W podziękowaniu za pomoc, chcielibyśmy wam ofiarować dzbanuszek miodu. Niech ten miód zawsze poprawia wam humor, gdy dopadną was smutki i przypomina spotkanie z nami. Sam dzbanuszek też nie jest zwyczajny. Możemy go napełniać z naszej łąki, gdy on jest w waszej krainie. Krótko mówiąc, zawsze będzie w nim miód i nigdy się nie skończy – powiedziała pszczółka i wręczyła Krysi niewielki, lecz bardzo ładny, dzbanuszek z jednym uchem.

– Bardzo dziękujemy za podarunek. Cieszymy się, że mogliśmy pomóc – powiedział radośnie Filipek.

– Do zobaczenia – odparła Krysia. – I ja mam nadzieję, że jeszcze kiedyś się spotkamy.

– Do zobaczenia – powiedzieli zgodnie mieszkańcy łąki, i pomachali na pożegnanie.

Krysia delikatnie potarła palcem kapelusz Filipka, zamknęła oczy, a wtedy…

…zaświstało…,

…zagwizdało…,

…i gdy je znów otworzyła była w swojej komnacie, a w dłoni trzymała mały dzbanuszek miodu. Nalała na łyżeczkę złocisty płyn i podała Filipkowi, który zlizał odrobinę a resztę zlizała sama.

– Jakie to pyszne… – westchnął robaczek,

– …pyszne i zdrowe – dodała, rozmarzonym głosem Krysia. Zajrzała jednocześnie do dzbanuszka i przekonała się, że Ula nie żartowała. Mimo, iż oboje zjedli miód, dzbanuszek znów był pełny. „Ale fajnie – pomyślała – niekończący się zapas pysznych witamin". Odłożyła dzbanuszek na szafkę, obok muzycznej szkatułki, i powiedziała:

– Kolejna niezwykła przygoda za nami. Było troszkę smutno, ale na szczęście wszystko dobrze się skończyło. Właśnie przyszło mi do głowy, że przenosimy się w miejsca, gdzie ktoś potrzebuje naszej pomocy. Czy to nie dziwne?

– Może masz jakiś szósty zmysł, który podpowiada ci, gdzie źle się dzieje – dociekał Filipek.

– Czyli ja też jestem niezwykła – ucieszyła się królewna. – Czy jutro znów się gdzieś wybierzemy?

– Ależ oczywiście – odpowiedział Filipek.

Krysia dała robaczkowi kawałek jabłuszka, zabrała jego resztę i z przyjacielem w kieszonce, kryjąc się przed wzrokiem smoków, niepostrzeżenie, pobiegła do sadu. Włożyła przyjaciela do jego dziupli i dała mu jabłko. Po życzeniach dobrej nocy, wróciła do swej komnaty, gdzie zjadła kolację, wykąpała się, umyła ząbki, i położyła w ciepłym łóżku. Zamknęła oczy, pomyślała o kołysance i w tej samej chwili usłyszała usypiające dźwięki:

♫ *Czas na sen, czas na sen,*

dziś nasza historia skończyła już się.

Czas na sen, czas na sen,

jutro też spotkamy się.

Czas na sen, czas na sen,

niech nasze przygody znów przyśnią ci się.

Czas na sen, czas na sen,

jutro też będzie dzień. ♫

Wspominając spotkanie z Ulą, Hopkiem, Wielokropkiem, Barnabą a nawet z Rudym Olfem …

…zasnęła.

Mam nadzieję, że zobaczyliście
w swojej wyobraźni Krysię i Filipka
oraz ich fascynujące przygody.

– **Do następnego spotkania moi Kochani...** – powiedziała Krysia czytelnikom.

– **...i życzymy Wam bardzo filipkowych snów nasze Robaczki...** – szybciutko dodał Filipek.

Kołysanka od Krysi dla Ciebie

Czas na sen, czas na sen,

dziś nasza historia skończyła już się.

Czas na sen, czas na sen,

jutro też spotkamy się.

Czas na sen, czas na sen,

niech nasze przygody znów przyśnią ci się.

Czas na sen, czas na sen,

jutro też będzie dzień.

Życzę Ci nocy wypełnionej snami tak wspaniałymi jak Ty.

Już tak na koniec

Drodzy Czytelnicy,

Cieszę się, że mogliście uczestniczyć w przygodach Krysi i Filipka!

Chciałabym jeszcze dodać, że ta urocza bajka jest dostępna również w formie audiobooka na: **Spotify, Apple Podcasts, Google Podcasts i YouTube** a możecie ją znaleźć po wpisaniu tytułu „*Krysia i Filipek*" w wyszukiwarkę któregoś z tych serwisów.
Słuchając historii naszych bohaterów, możecie jednocześnie śledzić przygody tutaj opisane, co nie tylko dodaje magicznej atmosfery, ale także ułatwia przyswajanie języka polskiego oraz wspomaga naukę czytania.

Pragnę Was również zapewnić, że pracuję nad nowymi, niezwykłymi perypetiami Krysi i Filipka i ogłaszam konkurs na najlepszy pomysł na ich kolejne przygody.

Zapraszam do zgłaszania propozycji, a zwycięskie pomysły zostaną włączone do przyszłych opowieści. Zwycięzcy otrzymają pierwsze opublikowane historie. Wasze wsparcie, recenzje i pomysły są dla mnie ogromną inspiracją do kontynuowania pisania. **Dziękuję za udział!**

Swoją sugestię dotyczącą kolejnych przygód Krysi i Filipka możesz zamieścić na platformie Amazon w recenzji książki lub wysłać ją bezpośrednio do mnie na adres:

krysiaifilipek@gmail.com

Proszę Was jednocześnie o zamieszczenie swojej opinii na portalu Amazon. Pozwoli to dotrzeć większemu gronu czytelników do moich książek a mi do stałego podnoszenia jakości przyszłych historii.

Dziękuję za wsparcie i zachęcam do odkrywania tego magicznego świata!

Życzę Wam słodkich snów i niezapomnianych przygód w świecie książek!

Kolorowych snów i dobrej nocy.

…ciąg dalszy nastąpi…

O autorze

Zuzanna Izabelska jest rodzicem, który każdego dnia walczy o to, by wychowywać swoje dzieci najlepiej jak potrafi. Jej codzienne zajęcia nie są szczególnie interesujące, lecz pozostaje wieczną optymistką. Przeżyła wiele wzlotów i upadków, radości i smutków, zwycięstw i porażek. Zawsze jednak stara się udzielać dzieciom wartościowych lekcji. Wie, że daleko jej do ideału, ale robi wszystko, by być jak najlepszym przykładem.

W nielicznych wolnych chwilach tworzy różne opowieści, które, oprócz wciągającej fabuły, zawierają wiele znaczących i pouczających treści. Historie te pomagają jej nawiązać lepszy kontakt z dziećmi. W ten sposób chce je przygotować do dorosłości i wychować na odpowiedzialnych i dobrych ludzi. Ponieważ wielokrotnie słyszała, że jej opowieści są całkiem dobre, postanowiła je opublikować. Chce, aby każde dziecko mało szansę poznać przygody bohaterów tych historii i zapamiętać na całe życie pozytywne wartości w nich zawarte. Z całego serca pragnie, aby każde dziecko mogło je przeczytać i wyciągnąć z nich jak najwięcej cennych lekcji, które będą inspiracją do końca życia. A jeśli przeczytane opowieści sprowokują dzieci do rozmowy na omawiane tematy, to będzie niesamowicie szczęśliwa.

Printed in Great Britain
by Amazon

39479503R00040